달의 기억이 뒤척일 때

이슬안 시집

달의 기억이 뒤척일 때

달아실시선
88

달아실

보조 용언과 합성 명사의 띄어쓰기 등 본문의 맞춤법은 시인의 의도에 따른 것임.

시인의 말

달의 뒤편에 오래도록 서 있었다
세상은 너무 밝아 들여다볼 수 없었다.

어둠을 헤집고 가끔 달빛이 드나들기도 하였는데
그 여린 빛이 내어준 마음이 시가 되었다.

짧은 시간이었지만
모월당 달빛 아래 함께했던 인연들과
달빛으로 되돌아가신 그분을 추억한다.

세상의 모든 빛이 모두에게 평안하길.
작은 바람에 크게 흔들리지 않길.

나는 여전히 매사 벅차고
세상에 홀로 나온 아이처럼 두렵고
자주 눈이 부시다.

푸른 위안이 되어줄 한 줄기 작은 빛이고 싶다.

깨우침을 주신 모든 분께 감사를 전한다.

2025년 1월
이슬안

차례

달의 기억이 뒤척일 때

2부

3부

4부

1부

다전茶田

다전길*이라는데
길가 차나무 한 그루 없네
아무리 두리번거려도
찻잎 하나 내어줄 인적도 없네
멀리 대원사 고차수古茶樹
곁가지 잘라서
차 그늘 한 평만 짓고 싶네
다전길이라는데
차나무 한 그루 없네

* 보성군 득량면에 있는 길 이름.

은진미륵

첫날밤 그 사람 돌아오지 않아 돌로 서 있는 그 여자
돌 망루 올라 진종일 먼 길 내려다보는 그 여자
돌산 길목에서 찬 서리 맞는 그 여자
세상 버리고
돌 모자 꾹 눌러쓴 그 여자

여자가 흰 돌을 이고 서 있는
눈 내리는
치평동 새벽 버스정류장

곰소에서

빛에 쫓기던 나는
몸을 뉘었던 작은 집마저 날렸다
잔주름 쥐어짜며 숨통을 옥죄며
진흙탕 떠돌다가
길을 밀어 바다에 왔다
내가 나를 묶어
바다에 떠미는 일만 남았는데
칠게들이 바삐 갯벌을 오간다
야물게 거품 물고
곧 사라질 집을 짓고 있는 것이다
밀물과 썰물
이 절박한 경계에서도
제 우주를 그려나가는
저 간절한 화석들
달을 포갠 파도는
절지가 새긴 무늬를 뒤척이고
칠게가 빠져나온 갯구멍에
내가 들어가
집을 짓고 있다

출근

골판지 속에서 기어 나온
외눈박이 사내
수산시장 지하통로 바닥에
누추를 밀어
끼니를 치대고 있다
눈보다 아래에 깔린
누렇게 때가 낀
동전 바구니 경배하듯
지긋이 내려보며
소금물 흥건히 베인 세상에
혀를 내밀고 있다

아마도

흰 거품 몰아쉬는
이 섬의 속삭임은 해일보다 드세다
뱃머리 기댈 곳 없어
누구도 다가가지 못하는
온몸이 철옹성인
아마도*
한 무리 새 떼가 날아들지만
풀의 날 선 잎맥에 다리를 베이고
먼바다로 떠나간다
서로를 껴안으며
몸을 결박해버리는 풀들의 등살에
한 뿌리 나무도 견디지 못하는
아마도는
풀의 멱살만 움켜쥔 채
절벽을 매달고 있다

* 아무도 들어올 수 없는 고립의 가상 섬.

명자꽃

숙대 앞 막다른 골목 애견가게
젖먹이 눈망울들이
투명한 진열장을 툭툭 친다
어미와 떨어져 어디론가 팔려 나갈

공갈 젖꼭지를 문 영아들이
네 평 남짓한 방안에 모여 있는
소태동 영아원
어린 소녀가 어린것의 걸음마를
한 발짝씩 떼고

곁에서
젖멍울 하얗게 돋은
막달 배 강아지가 된숨을 몰아쉬고 있다

겨울밤

눈보라 우는

숭숭 뚫린 밤길 애리다

어디서

그릉그릉 길고양이 앓는 소리

그림자 지운

저, 골목

써퍼

— 당신은 파도 타는 사람(surfer)인가 고통받는 사람(suffer)인가?

파도 높은 오아후 노스쇼어*
사람들이 써핑을 한다

섬에 덤벼드는 흰 칼날을 향해 온몸 던지다
쓰러져도 다시 일어나
한순간도 내어주지 않으려
파도 타는 사람들은
바람 사나운 날
상어에게 물려 죽은 친구 만나러
더 큰 칼끝에 선다

웹 써핑하는데 익숙한 이름 하나가
오아후섬 바다 위에 짤막하게 뜬다
나는 멍하니 파도만 바라본다
고통을 견디기 위해
성난 파도 속으로 목숨 던지는 써퍼 하나가
동공을 깊숙이 찌르고 들어온다

* O'ahu northshore, 하와이섬 지명.

생명

동트기 전
매일 사구沙丘 꼭대기에 기어올라
물구나무를 서야만
비로소 생을 이을 수 있는

먼 길 건너온 안개가
날개에 스며들길
거꾸로 서서 응축의 시간을 기다리는

오직 물방울 한 끼로 하루치 갈증을 때우는

굽은 등 거저리*

밤이 한 방울 목숨으로 뭉쳐지기까지
거저리의 목마름은
웰위치아** 생보다 길다

* 딱정벌레목 곤충, 나미브사막에도 서식한다.

** 2천 년 사는 나미브사막 선인장.

검은몽돌해변

한 여자가 울어

눈먼 갈매기 끼룩끼룩 운다

허연 파도 검게 운다

바다 모서리에 베인

그 밤

몽돌이 운다

겨울 노천탕

상체의 일은 차가운 바람과 맞서는 것이지만
다리 사이로는 따뜻한 수액이 몰려드는 반신욕
걸음의 흔적들이 물속에서 술렁인다
발끝을 타고 오르는 이 외로운 온기
둔부 지나 명치 끝에 이르자
빙점을 견뎌온 시간이 서서히 풀린다
식은 혈관들이 붉어져 겨울 노천탕을 달군다
한 번쯤 절정에 가닿고 싶은
간절한 소망이 꿈틀거리던 날도 있었다
신열들이 붉게 타오르던 날도 있었다
세상은 오늘처럼 반쪽을 담그는 일
반은 되고 반은 안 되는
한순간만이라도 아득한 날을 지우려
뜨거운 쪽으로 몸을 기울여 담그는

피정

목천 가는 길
피에타

성 베드로 성당 안
죽은 아들 두 팔에 올려놓고
가만히 내려다보는

가지에서 떨어져 나간
마른 잎새 끌어안은
초겨울 능선에도

새끼 잃은
젖 불은 어미가 있었다

홍시

노을 삼킨 여자 한 알

목련

하얀 셔츠 속 너를 보았다
봄, 4월 가슴팍에
볼을 묻고
너의 숨소리가 꿈틀거릴 때마다
꽃잎이 돋았다

반쯤 잠긴 너를,
나를 열어 너를 들일 때

금방 사라질 것 같은
너에게 닿는 길은
새하얀 오수의 봄날

진갈색 새들이
수북이 죽어 사는
목련꽃 그늘 아래

천혜노인요양병원

천장에 매달린

꽃들은 모두,

조화

노인들 가느다란 팔다리에도

끈이 매달려 있다

치매 앓는 눈동자마다

빛바랜 꽃잎

하나

2부

보리굴비

젖은 발로 들어와
불 꺼진 밥솥을 열어보니
온기 빠진
식은밥 한 덩이가 구석져 있다
양은 두레반 위에
열무 꺼내고 미역 줄거리 꺼내고
식은밥에 물을 마는데
엄마가 눈 비비며 밥상에 앉았다
법성포 이모가 보리굴비 보내왔다며
졸린 눈으로 살을 발라주는데
갈빗대 늘어진 메리야스 속에서
마른 젖가슴이 흘러나왔다
풀리지 않는 회사 일에 한소리 얻어먹고
자정 넘겨 들어온 집
물밥 수저질이 무겁기만 한데
말없이 가시를 발라주던
주름진 손이
젊은 날의 젖을 쓸어 담고 있다

무장댁

구멍 난 공사판 떠돌던 서방
술 취해 들어오면
살기가 돋아 온 집안 깡그리 부수고 다녔다
울며불며 세월 구겼지만
서방 잡아먹은 술독은 말릴 수가 없었다
술을 등지지 못한 무장댁 서방
서까래에 목을 매달아
술김에 애먼 목숨 버렸다
과부가 된 무장댁
귀신도 자는 밤에 깨어나 묵을 쑤었다
죽은 서방 한 시절 가마솥에 풀어 넣고
밤새 한숨만 배배 저었다
나가 맹탁없는 말은 안히써야 힜는디,
마른 눈물 훔치며
새벽닭 울음소리랑 집을 나섰다
서까래 무너진 무장댁
그래도 탱탱하게 묵만 잘 쑤는 무장댁
은색 다라이 가득 묵들이
기우뚱기우뚱 골목을 빠져나간다

연어

흘러만 가네
불멸의 푸른 강
갈대숲 비켜 흘러만 가네
물새들 떼 지어
강물에 고개를 묻네
나는 너의 강을 바라보지 않았으나
태양의 음계는 물결에 스며 웃네
등 굽은 너의 말
감출 겨를도 없이
강은 새끼 연어를 품고 흘러만 가네
하구에 닿고서야
붉어진 너의 눈망울 바라보네
내 이름 떠난
너의 지느러미 하나
바다의 밤으로 흘러만 가네

처서

수컷 매미는 몸의 반이 울음통이라지
나는 가만히
그의 몸에서 여름을 떼어냈네

감나무집 아래
비긋고

날마다 찾아와 목놓아 울던
울음이 빠져나간 주소에
가을은 도착했네

세한도

불 꺼진 전등갓 아래
방과 방 사이 어둠이 두껍게 자라고
배관을 타고 오르는
보이지 않는 소리로 채워진
유배의 밤은 길다
산발한 죄인은 세숫대야에 담겨
한숨을 씻어내고
어둠 속 달의 기억이 뒤척일 때마다
벽과 벽은
섬과 육지의 간극만큼 밀려난다
새벽 눈은 내려
아랫목 온도를 높이지만
밤의 뒤축은 시리기만 하고
편지를 전하지 못하고
돌아가는
구둣발 소리가 건넌방 문을 닫는다

그릇 경전

몸을 꿰맬 때마다 그릇을 사 모았다
신상 찻잔과 머그와 접시들이 우상처럼 쌓여만 갔다
로얄 코펜하겐, 레녹스, 웨지우드, 베르나르도
이것들은 내 명품 목차
먼지를 닦다가 허공에 발을 헛디뎌 그릇과 함께 무너졌다
몸의 실밥 틈 사이로 보라색 꽃이 사납게 번졌다
일상의 흔들림을 지탱해주던

젊은 날 찻잔에도 보라색 꽃이 피어 있었다
언젠가부터 보라색 꽃잔에 눈보라가 들치기 시작했다
꽃들은 얼어 말라갔고 색들도 하나둘 빠져나갔다

나를 버려야 하는 일들이 진열장 속에 여전히
꽉 차 있었다 한 번도 나를 채워주지 못한
그릇에 내가 깨어진 후에야 그릇을 사 모았던 일이
그릇된 일이었다는 걸 알았다

수돗물 넘쳐흐르는 개수대에 보라색 꽃이 한가득 피어
올랐다

나무

동생은
늦가을 슬픔을 살았다
여자 잃고 술로 버티던 날
깊어갔다
몇 번 대수술 받았지만
암은 또다시 옆으로 번졌다
집안은 감옥 같아
베란다에 나무를 들이기 시작했다
숲을 키워온
나무들
시름시름 앓다
가만히 잎사귀를 내려놓는다
동생의 병은 날로 깊어져갔다
속에서부터 곪아 터진 뿌리들
옮겨 심는 내내
자릿내가 올라왔다

입덧

원의 공식 가르치는데
고구마가 걸어와 원 속으로 들어간다

명일동 주공아파트 정류장에 내리면
찬바람 뚫고 달려드는 냄새
뱃속 아기가 툭툭 보채는데
동그랗게 웅크린 아이 배꼽에서
군고구마 통까지 지름은 얼마나 될까
책상머리 설익은 답안지들 튀어나오고
군고구마가 해답처럼 들어선다

과외 끝내고 정류장 가는 길
불 꺼진 어둠 속
내 몸은
싸늘한 군고구마 통

앨버트로스

체온을 내주던 그날도 사라지고
피붙이 하나 없는 낯선 땅에 와 있다
날은 궂어 비바람 거세지고 빗물이 사납게 들친다
늘어진 둥지에 들어와 비를 긋는다
썰렁한 구석에 앉아
끓는 포트 위에 손을 얹고 온기를 쬔다
잔 위에 멀어져간 얼굴들이 하얗게 피었다 흔들린다
빗금은 지칠 줄 모르고
유리문 타고 흘러내리는 이름 하나
길게 붙들어본다
처지를 내려다보니 뜨거운 것만 고여온다
목울대는 잠기고 장마의 시간이 눈앞을 서성인다
다시 밖을 내다보니
바람에 이끌려 어디론가 쓸려가는 순한 이름들
낱낱이 유리문에 엉겨붙어 숨을 헐떡인다
고개 들어 하늘을 바라보는데
대륙을 넘나드는 앨버트로스의 고독한 날개가 지나간다
긴 날개 속에 이름 하나 숨기고 세월을 건너가는
저, 지독한 그리움

내 뼛속 바람이 몰아칠 때마다

어미

1

밥상머리 음식 배분하는 일은 엄마의 중요한 일 남동생 접시에는 두툼한 갈치 내 접시에는 갈치 꼬리, 반찬들은 나의 적의로 몸을 뒤척였다 동생 접시를 넘보다 엄마에게 한소리 받아먹으면 내 속은 바르다만 갈치 가시로 가득 찼다

2

삼겹살을 굽는다 새끼들이 돼지 소리 내며 보챈다 구워지기 무섭게 채가는 솜씨, 나는 호떡집 주인보다 더 불나게 구워대지만 구워도 구워도 비워지는 접시, 허기 쪽으로 돼지기름만 줄줄 흐른다 타다 남은 고기 몇 점 집는데 병상 엄마의 빈 접시가 딸가닥거린다

뿌리

덴마크 무궁화
겨울에도 쉼 없이 꽃을 내민다더니
딱 한 번 꽃을 올리고는
소식이 없다

암만 눈길을 내어주어도
히마리가 없다

집 떠나 서른 해
여태도록 뿌리를 키우지 못하는
나는 한때
붉게 꽃 피운 적도
단단히 뿌리내리려
세상 깊이
파고든 적도 있었지만
번번이 부딪치는

세상은
거대한 암반

소라

모항 소라구이 집에서
동료 하나가
몸이 둥글게 말린 소라 내장을 꺼내 주었다
소주도 없이 그것을 오물거리는데
씁쓸한 맛이 혀를 뛰쳐나왔다

갯둑 아래
머문 바람에서도 쓴맛이 났다
밤바다 캄캄하게 훌쩍거리던
빈 소라 속에서
돌아오지 않을, 너를 영영 기다리곤 하였다

소라구이를 먹는데
그날의 쓴맛은 가시지 않고
시커멓게 그을린 너의 이름만 불판에 올라
젖은 몸을 비튼다

한 시절 푸른 멍을 밀어 넣으며
소라 속으로 들어간

내 몸에서도 쓴물이 줄줄 새어 나온다

대낮

찬거리 사러 간 엄마
나는 혼자 남았어요
적막이 부리를 세워 고막을 쪼아요
빈 둥지 속
부스럭거리는 소리가 났어요
화들짝 방으로 뛰어들어 이불을 뒤집어썼어요
천장을 쿵쿵거리며
누군가 다가오고 있어요
자궁처럼 조여드는 검은 이불
두려움은 왜 보이지 않는 걸까요
창문이 울고 소나기가 그쳤어요

담벼락 장미는 더 붉어졌어요
담장 너머 가시를 감추고
설익은 더위가 기웃거리고 있어요

아까시나무

자궁문 열고 백일 만에 죽은 오빠
무덤 자리 아까시나무가 돋았다

엄마 목젖에는 가시 하나가 박혀 있었다
말끝마다 오빠 이름이 뾰족해져
온 집안이 가시투성이였다

갓난 남동생 곁에 엄마는 아까시나무를 심었다
동생이 자란 만큼 나무는 더 크게 자라 에워쌌다
아무도 들어갈 수 없는 경계
엄마는 늘 나무를 지켰다

아까시 꽃향이 물씬했다
꽃을 따다 들킨
나는 엄마에게 찔려 밤새 가시를 긁어내곤 했다

어떤 밥상

구박데기 이웃집 고양이
담장 건너와
마당가 참새 야물게 노려보다가
한나절 뒤란 장독대 배회하다가
내 종아리 배배 부비곤 하다가

먹을 것 좀 내어주고
쓰다듬어주었더니

이웃집 고양이
새벽녘 내 방에 들어와
아침상 차려놓았네
잠자는 머리맡
생쥐 몇 마리가 축 늘어져 있네
밤마다 천장 누비던
소란한 발자국들
입동처럼 싸늘하네

거미

마당 구석지 상자 속으로
몸을 구겨 넣었다
찾아줄 누군가를 기다리던
여덟 살 저녁의 나는
거미줄에 걸린 날것의 먹이 같았다
아이를 낳고
거미줄이 결박한 달빛은 유난히 기울었다
탈피로 견뎌온 시간이 아물어
더 이상 상자는 필요 없었다
못난이 인형처럼 울어야 하는 일은
어린 시절만이 아니었다
뭇시선을 피해
차가운 바닥에 몸을 말고 누웠다
상처가 깊어질수록 다리에
위절僞節이 생겨
굽혀진 오금이 펴지지 않았다
소주병을 안고 잠든
네모난 밤은 풀어져
은하수가 단단히 밝아졌다

3부

정신병동

후텁지근한 벽에 동공들이 모여 산다
어떤 동공은 날카로운 빛으로 바닥을 긋고
어떤 동공은 차갑고 고요해
벽에 걸린 훈시보다 시선이 무겁다
도무지 해독할 수 없는 문장들
허공에 기대어 책장 넘기는 동공이
가장 심각하다는 걸 다른 동공들은 알고 있다
벽에 먹구름이 몰려든다
호흡이 검게 쪼그라드는 병동
북방한계선까지 온통 저기압이다
낯선 동공이 곁에 붙게 되면
더불어 얼어가는 육신들
한파가 몰아친다
숨막히는 난기류를 타고 온
동공들 손에는
육중한 철창이 쥐어져 있다

은둔자의 집

날개를 품은 적이 있어요
창가를 머물다간 태양도 받아 챙겼지만
자라나는 건 긴 어둠뿐이어요
한여름 두꺼운 이불을 뒤집어쓰는 일은
익숙하면서도 낯설어요
더듬이를 펴서 침대 아래로
뻗어보았지만
바닥은 깊은 허공이어요
닿으려면 온몸을 던져야 해요
스카이다이빙-
몸을 던졌지만
날개가 펴지지 않아요
애초에 나는 날개 같은 건 없어요
어깻죽지에 날개를 그려 넣어요
공포가 차르르 풀려나와요
당신은 모르지요
추락하는 몸에서
얼마나 지독한 겨울이 머물다 가는지

통풍通風

실밥 풀린 치맛단에 옷핀을 꽂았어요
단을 꼬집은 옷핀들이 거슬려요
바늘귀 열어보겠어요
태양이 바늘귀 속으로 들어왔어요
펄럭이는 태양은 현기증이 나요
심지가 뽑혀 나간 힘줄에도 옷핀을 꽂았어요
통풍이 사는 집
뼈마디가 밖으로 빠져나왔어요
통증들은 보고 싶지 않아요
그대, 안녕을 빌어볼게요
뼈에 갇힌 물기가 말라버렸어요
시간이 바스러지고 있어요
한 뼘씩 사막이 자라나는 집에
다시 구름은 피어나고 있어요
잘 가요,
안녕을 빌어볼게요
바늘귀 열어 집을 꿰맸어요

불

꽃 더미 사이 눈을 높이 치켜뜬 포효

이글거리다 제풀에 사그라드는

그러다 잘게 잘리어 풀풀 날리는

너의 목숨은 그런 것

혀를 길게 빼며

발악처럼 솟구치다 흐물거리는 너는

굶주린 승냥이

길 잃은 사막의 밤은 찾아오고

전부를 태워서 어둠 저편으로 끌고 가는

바람의 현弦이 벌떡 일어나 춤을 춘다

손

무더위의 오후처럼 늘어져 있다
손아귀에서 떠다니던 욕망
손가락 사이로 흩어져도
돌아온 건 손끝을 향해 꽂히는 지루한 독설들
굽어진 손목은 도무지 펴지지 않고
손가락 마디에선 당기다 놓쳐버린
팽팽한 고무줄 소리가 났다
혁명처럼 핏대 오르던 지문 아래
웃음이 빠져나간 자리
환청이 들릴 때마다 머뭇거리는 손가락
나를 향해 총구 겨누며
손가락 욕 날리는
마지막 한 방
방아쇠증후군을 앓고 있다

여름

구급차 사이렌 소리 요란하다
한 자락 소리도 숨어 사는
인적 드문 옥탑방에서
뼈까지 녹아버린 육신
들것에 실려 나온다
그의 몸을 통과한 바람이
역한 냄새를 피운다
골목길
사이렌 소리 멀어지고
어쩌자고
푸른 나팔꽃은 피어
무더위 젖은 반지하방으로
내려온다

갱년기

볼 우물

물든

감나무

한 그루

그새

단풍

들었네.

층간소음

중학교 동창회 한다고
회비 밀렸다고
모이는 식당이 어디냐고 한다
아파트 부녀회장 딸내미 결혼한다고
문학기행 간다고
민화 단체전 한다고
한다 한다
그리고,
식구들 저녁상 차려달라고
이 문자들은
날마다 핸드폰 속 엘리베이터를 타고
수십 층을 오르내린다
가끔 아우성에 지쳐
몰래 빠져나오기도 하지만
또다시 붙들려 가는
단체채팅방

밤새 쿵쾅거리던 위층 사람들 엘리베이터에서 부딪치면, 괜히 쏙 들어가는 단톡방

순결

너 아니면 그가

위장을 하였어도
그림자는 바꿀 수 없네

한 방울 공기도 새어들지 못하는
무저갱에서 그를 보았네

나를 울린 무수한 전갈과 독사들의 혀가
음부 속으로 깊숙이 들어왔네

밤새 충혈된 눈으로 헉헉거리며
칼을 베어 문 검은 입술과
바지춤에서 불쑥 튀어나온 독침 하나가

자궁에서 빠져나오는
그날의
붉은 너를 보았네

거짓말

그것의 주둥이에서 혀를 뽑았다

혀를 따라 풀벌레가 나오더니 참새가 뒤를 잇는다 잠시 후 비둘기가 고개를 끄덕이며 따라 나오고 뱀이 혀를 날름거리며 기어 나온다 다 나왔나 싶었는데 늑대가 으르렁거리며 뛰어오고 날카로운 이빨을 드러내며 하이에나가 쫓아온다 이제는 정말 끝이겠지 하던 차에 갈기를 휘날리는 사자 한 마리 점프하며 튀어나온다 그 뒤를 티라노사우르스가 쿵쿵 걸어 나온다

지구를 몇 광년 돌고도 남을 너저분한 혀

국수

점심 먹으러 대인동 먹자골목에 갔다
친구에게 물었다

- 뭐 먹고 싶어?
- 난 아무거나 좋아. 너는?
- 나도 아무거나. 갈비탕, 냉면, 된장찌개⋯⋯ 국수는 어때?
- 글쎄, 난 아무거나.
- (먹기 싫다는 건가⋯⋯) 다른 데로 가볼까?
- 그래.

골목 몇 바퀴 돌다가
대인시장 뒷길까지 타고 넘어 동명동 이태리 식당에 도착했다
새하얀 접시 위에 올려진 크림파스타
잘 정돈된 식기들 딸그락거리며
크림파스타 크게 한입 밀어 넣는데
순식간 퍼지는 이 느글느글한 포만감
종일 가스가 차고 속이 편칠 않아

까스명수 몇 병 들이키며
화장실만 들락거렸다

국수가 먹고 싶었는데
내 속에 이태리가 들어와 요동을 치고
탈진한 내 몸에 링거 바늘이 꽂혀 있다

글쎄,
국수가 먹고 싶었는데

나에게

독사를 경전으로 섬기는 무리가 생겼어요
잘 돼가고 있는 거죠
잘 지내고 있는 거죠
독에 찔려버린 기죽은 심장은
침묵을 한입 베어 물고 있어요
종일 자갈길과 가시덤불을 들락거려요
푸른 것들은 푸른 일만 하는 줄 알았는데
어떤 독사는 풀보다 더 푸르지요
그 많던 애인들은 다 어디로 스민 걸까요
독사는 다 어디로 몰려간 걸까요
아픈 자국만 남기고 달아나버린 시간은
뱀 이빨보다 깊고 독해요
너의 맥박은 다시 돌아올까요
푸른 독에 눌려 있어요
나는 잘 지내고 있나요
잘 돼가는 중이라고 말해주세요

번아웃 증후군

언니에게 동생에게 옆집 정효에게 취미반 은경에게 남편에게 남편 친구들에게 후배들에게 시어머니에게 시누이에게 동서에게 시댁 이웃에게 아이들에게 아이들의 병아리에게 토끼에게 교회에게 목사님에게 성도들에게 슈퍼 점원에게 정육점에게 카페에게 휴지에게 길고양이에게 개똥에게 낙엽에게 먼지에게 쓰레기에게 페트병에게 종이에게 발톱에게 귓밥에게 콧털에게 찌개에게 접시에게 수세미에게 변기에게 걸레에게 바닥에게로부터,

평생 내 유산이었던
그러나 나를 강요해서 나를 탕진하게 했던

철거

쑥부쟁이 한 무더기, 수련 두 송이, 장미 한 움큼, 백련초 한 쌍, 엉겅퀴 두어 뿌리, 안개꽃 한 다발, 한아름 모란꽃, 제비 한 마리, 물확 실안개, 귀퉁이 유리병 한 개, 그리고 빈 의자 하나, 내 몸속에 들어가 있다

울타리 넘어 누가 몰래 다녀간 발자국이 내 몸에 길을 냈다

빈 의자 하나, 귀퉁이 유리병 한 개, 물확 실안개, 제비 한 마리, 한아름 모란꽃, 안개꽃 한 다발, 엉겅퀴 두어 뿌리, 백련초 한 쌍, 장미 한 움큼, 수련 두 송이, 그리고 쑥부쟁이 한 무더기, 내 몸 밖으로 빠져나갔다

내 몸이 사라졌다

4부

대인동 목욕탕에서

화선지에 본을 뜨고, 채색하는 동안 그녀들을 만났다
남정네들 눈을 피해
옷고름 풀고 머리 감는 여인들

수건으로 질끈 머리를 감싸 올린 동네 목욕탕 여인들
화첩 속에 들어앉아 있다
시장통 국밥집
펄펄 끓는 훈김 속 재바르게 토렴하는 뚝배기 여인들
김이 피어오르는 욕탕 속에
굽은 허리 풀어놓는다
화첩 가득 번지는 주름진 살결들 사이
유두는 아직 붉은 열매를 매달았다

때를 밀다가 나는
그림 속 동자승처럼 여인들을 훔쳐보고 있다
훈김 속 노고가
몽글몽글 창밖으로 빠져나가는
풍속의 아침

양동극장

찐득한 것들이 숨어 있었지
누군가 씹다 버린 풍선껌이거나
몰래 흘려놓은 정액
삐걱거리는 의자에 삐딱하게 앉아
우리를 빙자한 그들을 빙자했지
술병 속에 빠진 그들을 애도했지
갑자기 들이닥친
태양도 투쟁도 당신과 그녀들 젖가슴도
위험했지
그날 깃발을 내건 여성영화가 뿌려졌는데
낡은 난간이 곧 무너질 것만 같았고
위태로운 건 내 낡은 브라자
상의를 탈의한,
화면 가득 피어난 붉은 젖꽃들이
우르르 몰려든 양동 뒷골목
젖가슴은 깃발보다 세차게
출렁거렸지

치평동*

연병장을 줄지었던 묵은 나무들이 함부로 뽑혀 나가고 아파트가 채워졌다 저마다 요란한 간판들이 붐비는 밤길을 미니스커트 하이힐이 또각또각 치댄다 목울대 드높게 꺼내든 취객을 비켜 한 무리 교복 입은 아이들이 입시학원 속으로 우르르 들어간다 상무대 옛 감옥소와 자유공원과 학생회관을 돌고 도는 518 시내버스, 삼각김밥을 손에 쥔 교복 하나가 상징만을 상징하는 녹슨 유적지를 휙 던지며 버스에 오른다

* 옛 상무대가 있던 광주의 동네 이름, 민주화운동 때 감옥이 있었다.

유서

노가다 김 씨 방바닥에 몸이 흥건히 엎질러져 십장 홍 씨가 말복에 도착했을 때는 흰 뼈만 남았다

1940년대 목포 다녀오다

비릿한 바람이 항구에 길을 냈다

부두가 열리자
푸른 계절이 베어져 왜선으로 실려 나갔다
바닥을 보여가는 창고 속에는
원죄만 쌓여갔다

길이 열리자
왜족 여인들 게다짝 소리가 요란했다
거리에는 홍등이 번지고
저물녘 부두에선 짐짝처럼 투박한
사내들이 와르르 쏟아졌다

일손 놓은
은빛 바다인 날이 드물었다
골목길 갈매기들이 모여 앉아 세월을 끼룩거리면
항구가 눈감는 날도 있었다

크게 하늘이 흔들리더니

약탈을 싣고 간
뱃고동 소리는 돌아오지 않았다

新 성냥팔이 소녀

나는 성냥팔이 소녀, 어느 공주에게 붙을까?

빨간 사과는 독이 있다 나는 푸른 사과만 먹었다 빨간 사과를 먹은 사람들은 며칠 못 버티고 죽어갔다 새엄마는 날마다 빨간 사과밭에 독약을 뿌렸다 새엄마 독설에 내 얼굴은 하얘졌고 심장은 낙과처럼 쪼그라들어 몰래 도시로 나왔다 거리에서 성냥을 팔았다 버려진 성냥개비가 되었다. 백설공주

우연히 토끼 따라 지하세계로 갔다 무도회에서 마주친 왕자가 유리 구두를 건넸다 춤이 시작되려는데 요술 거울 앞에서 이를 훔쳐본 여왕이 붉은 사과 바구니를 왕자에게 보내왔다 먹지 말라고 소리쳤지만 목소리가 나오지 않았다. 신데렐라

꿈이었다 혼자 남겨졌다 쐐기풀 뜯어 스웨터를 짰다 아무도 사지 않았다 백조들조차 사람이 되길 원치 않았다 손가락 사이로 겨울이 스미고 있다 성냥 팔러 거리로 나갔다 성대한 결혼행렬이 지나가고 있었다. 엘리자 공주

성냥을 몽땅 강물에 던졌다 젖은 성냥 대가리가 맥없이 풀어졌다 아버지 망토가 떠내려갔다 아버지 품속으로 뛰어들었다 사람이 되고 싶어 마녀에게 목소리를 팔아넘겼다. 인어공주

바를러나사우 피자

네덜란드 마을 흩어진 벨기에 땅, 스물두 조각 피자, 바를러나사우 국경에는 치즈색 십자가만 누워 있을 뿐 철조망은 없다

끼니를 넘나드는 국경은 서로 다른 영업시간을 찾아 상점들을 오간다

경계를 녹이는 일은 각양의 토핑을 화덕에 굽는 일, 자신을 녹여 서로를 진득하게 감싸안아 치즈가 되는 일

나는 안과 밖을 오갈 뿐 어디에도 녹아들지 못하는

나누어지는 건 피자가 아닌 조각난 생각들, 담장 너머 키 작은 거울 속 나를 한 조각 떼어낸다

민중

만경에서 흘러 나간 강은
고부를 떠나 멀리 닿았다
마산에서 발원한 샘물은
재갈을 풀고 범람하였다
치욕이 온 산하에 일렁거렸다
광주천 상류로 번진 강물
짐승들 발자국 따라
통곡은 납작하게 엎드렸다
5월 광주는 에멜무지로,
핏물을 뒤집어쓴
영산과 황룡은 강의 몸을 뒤척이며
미증유의 시간을 살았다
저마다의 품속으로 흘러들어
멀리멀리
무심히 흐르던 강은
비로소 광화문에 이르렀다
아스라이 번져가는 촛불 아래
강물은 거세게 번들거렸다
기어이 큰 바다를 이루었다

가면무도회

나는 다람쥐, 내가 맹그로브 열매를 물고 우듬지 바삐 오를 때 그는 낮은 가지 끝에 둔누워 있었다 패잔병이 되기도 했다 간밤에 공격을 받아 꼬리가 잘리고 다리도 짧아졌다며 목발 짚고 뒤뚱거렸다 폭우가 쏟아졌다 모두가 맹그로브 잎사귀 뒤로 비를 피했지만 배불뚝이 그는 가만히 가지 위에 누워 있었다 갑자기 몸을 비틀며 숨을 몰아쉬었다 은밀한 곳에서 무언가 줄줄 빠져나왔다 그를 그녀라 불러야 하나, 방금 낳은 새끼들 데리고 재바르게 물속으로 뛰어들었다 나무 위 삶을 버린 등목어*, 어린것들 앞에서 유유히 흙탕물을 가르고 있다

숲을 헛딛은 뒤꿈치에서 물비린내가 올라왔다

* 등목어登木魚. '맹그로브 킬리피시'라 불리는 암수한몸 물고기. 나뭇가지 속에서 몇 달 동안 물 없이 살 수 있다.

종부

홀로 남은 집을 쓸어 담았다
몇 해 병상에서 육포처럼 살다 간 그녀의
부엌이며 농짝 허물어 묵은 땟자국 지우고
캄캄한 광에서 완강히 버티던
이승에서의 생도 꺼내놓았다
무너진 유적 속 궤짝 몇 개
궤짝마다 그릇이 가득 차 있었다
종부였던 그녀
채반 가득 수북이 끼니를 날랐다
이 방 저 방 출렁대던
그녀 닮은 그릇들
삼우제 지나
읍내 고물 장수가 싣고 나갔다
영영 돌아올 수 없는
트럭이 지나간 두 줄 바퀴 위로
그릇의 생도 떠났다
밤새 함박눈이 내렸다

반구대 혹등고래와 홍수아이 전설*

어린 혹등고래 노래는 이렇게 시작되었을 거야
어른들이 큰 배를 타고 먼바다 나가면
혼자 바다를 바라보던 아이 곁으로
어린 혹등고래 한 마리가 다가왔을 거야
알 수 없는 음표를 희미하게 부르며
아이를 등에 태우고 바닷속으로 들어갔을
어린 혹등고래,
그렇게 둘만의 전설이 생겼을 거야
어른들이 마을을 비우면
어린 혹등고래가 아이를 데리고
바닷속으로 들어간다는 풍문이 온 마을 들쑤셨을 거야
귀가 얇은 족장들이
어린 혹등고래 운명을 다투었을 거야
바닷가 물목에서
아이 목소리를 흉내 낸 노래가 흘러나왔을 거야
아무것도 모르고 나타난 어린 혹등고래
등에 마을 사람들 창과 화살이 대차게 꽂혔을 거야
피와 눈물이 솟구치고
혹등고래 슬픔이 바다를 붉게 물들였을 거야

어린 혹등고래 노래는 이렇게 시작되었을 거야
“아이가 혹등고래를 만났다네
병을 얻었다네
몸에서 혹들이 솟아났다네
혹들은 점점 커져만 갔다네
어린 혹등고래
아이 몸속에서 나오질 않고 있다네”
아이가 죽을 것 같아 아버지는 바닷가를 떠나기로 하였을 거야
더는 어린 혹등고래 귀신을 볼 수 없게
깊은 산속을 꿈꾸었을 거야
마을 떠나기 전 아버지는
바닷가 절벽에 그림을 새겼을 거야
아이 속에서 사는 어린 혹등고래를 꺼내려고
미친 듯 혹등고래를 풀어놓았을 거야

수만 년 지나 바닷가로 돌아온
산속 흥수아이가 마른 숨을 몰아쉬고 있을 거야

* 반구대 벽화의 혹등고래와 청주시 흥수굴 소년(흥수아이) 미라를 연결해보았다.

젊은 날의 초상

1. 청량리역

묵은 서랍을 정리하는데 코끼리 한 마리가 누워 있다 언젠가 태국에서 품고 온 코가 반쯤 부러진 코끼리, 지금은 무너지고 없는 맘모스백화점 닮았다 청량리 정글에서 애먼 주머니들 뜯어먹던 백화점 커피숍은 주말마다 맞선 보는 청춘들로 붐볐고 상가 불빛에 젖은 오팔팔 여자들은 미어캣처럼 두리번대며 낚아챌 허리띠를 물색하고 있었다 버스를 기다리던 단발머리 여고생 귓불 가득 어린것이 갑자기 튀어나와 "냄비씨!" 하고 짖어댔지만 '렛미씨?', 나는 이미 이것을 '글쎄'로 알아듣는 어수룩한 대학생이 되었다 캔버스백 가로채 밑구녕까지 훑으며 온갖 불온물을 찾던 전경들, 금서처럼 숨겨둔 생리대를 들키기라도 하면 내 음모가 훤히 드러나는 것 같았다

2. 남영역

대공분실 회색 건물에서 고문으로 사라진 친구가 있었

다 전동차가 요란하게 출렁일 때마다 회색 창틀도 따라 흔들려 고통이 심하게 깨져 나왔다 공부를 그만두고 공장으로 떠나던 친구는 끼고 있던 팔찌를 내게 내밀었다 친구 소식을 다투어 알리던 뉴스는 그믐처럼 가라앉고 팔찌가 머물렀던 자리, 채워졌던 은색 수갑도 소리소문없이 풀려나갔다 무심한 척 서 있던 청량리행 전동차는 두 줄 평행선 위에 올라 역사를 서서히 빠져나갔다

제주 박수기정

먼 대양 출렁이며
어린 섬들이 몰려오고 있다
멈춘 초침 위로
물 알갱이들이 하얗게 솟아오른다
놀란 물새 푸드덕-
난드르 날아오르자
한껏 파도를 게워내는
늙은 개망초
풍경보다 더 큰 풍광을 숨긴
대평포구
깎아지른 절벽 너머
더 깊은 바다를 훔친 박수기정*
그 누구도,
라파엘라 스펜스**라도
저 지극한 풍경 하나 묘사하려다
모두 일몰할 것이다

* 제주 대평포구에 있는 '바가지로 마실 수 있는 깨끗한 샘물(박수)이 솟아나는 절벽(기정)'.
** 영국의 극사실주의 화가.

해설

수묵으로 지어진 농익은 풍속화 한 채

박성현
(시인 · 문학평론가)

1

가던 길을 멈춰 서서 잠시 주변을 둘러보면 우리가 모르는 사이 불쑥 자란 이름 모를 식물들을 보게 된다. 가벼운 바람에도 하늘거리는 초록은, 그 자체로서 하나의 세계다. 우리가 관심을 두지 않아도 저절로 이뤄지는 것이 있다면 혹은 인기척이 없기에 더욱더 강건하게 제 길을 찾아내는 것이 있다면 저기, 부지기수로 자라는 생명들일 것이다. 이슬안 시인이 적절하게 표현한 것처럼, 보성군 득량면의 고즈넉한 '다전길'에는 "아무리 두리번거려도/찻잎 하나 내어줄 인적도 없"(「다전茶田」)으며, 오히려 그 '없음'이 '차밭'의 이름을 더욱 도드라지게 만든다.

인간은 자연을 복속하고 지배할 권리가 없다. 사실 근대와 더불어 자연의 종속화라는 본말전도는 그 뿌리가 오래되었다. 히브리의 창세 신화 이후 종교적 당위로서 이어져 내려오다 인본주의의 막대한 파급력으로 무장한 르네상스와 더불어 중심 사상으로 자리 잡았던 것이다. 자연의 복속과 지배란 한마디로 세계의 물신화(物神化)다. 이것이 인본주의라는 또 다른 주술에 가려졌던 보이지 않은 얼굴이다. 하지만 우리가 잠시 멈춰 선 자리에는, 그 푸른 하늘과 사방에는 '자연' 그대로의 뚜렷한 표정이 있다. 우리가 생기라고 부르는, 고즈넉한 풍경에 꽉 찬 사물들의 호흡이 있다. 그럽고 그리운 울음과 힘차게 타오르는 심장 박동이 있다. "눈보라 우는// 숭숭 뚫린 밤길 애리다// 어디서// 그릉그릉 길고양이 앓는 소리// 그림자 지운// 저, 골목"(「겨울밤」)이라고 노래한 시인의 마음밭과 같은, 소스라치는 실존의 무한한 의지가 있다.

시 또한 마찬가지. 인간의 발화(發話)로서만 명맥을 유지할 치명적인 약점에도 불구하고, 언어는 우리와는 전혀 상관없이 반딧불이와 같은 자체의 빛으로서 발광하며 다른 언어에도 그 빛을 나누어 준다. 엄밀히 말해 언어는 독립된 인격이다. 하나의 단어에는 그 말(言)을 운용했던 수많은 사람의 온기와 감정과 성격이 녹아 있기 때문이다.

이슬안 시인의 문장은 여기서 출발한다. 그는 감정을 쉽게 드러내지 않은 채, 사물을 비껴가는 자신의 시선을 집요하게 바라봄으로써 객관화하는 이중 노출을 감행한다는 것. 자아를 움켜쥔 또 하나의 자아, 주체를 대칭하고 투사하는 또 다른 주체—"흰 거품 몰아쉬는/ 이 섬의 속삭임은 해일보다 드세다/ 뱃머리 기댈 곳 없어/ 누구도 다가가지 못하는/ 온몸이 철옹성"(「아마도」)이지만, 절벽을 매단 자아의 내륙은 실로 생존의 보고처럼 살뜰한 풍경이 담겨 있다. 시인이 평생을 담아온 "쑥부쟁이 한 무더기, 수련 두 송이, 장미 한 움큼, 백련초 한 쌍, 엉겅퀴 두어 뿌리, 안개꽃 한 다발, 한아름 모란꽃, 제비 한 마리, 물확 실안개, 귀퉁이 유리병 한 개, 그리고 빈 의자 하나"(「철거」)도 그의 내륙에 들어가 우주로서 확장되고 있다.

첨언하자면, 이 기묘한 이중 노출은 특이하게도 그가 가진 '평등'이라는 이념의 알레고리인바, 그는 대상에 직접 파고들어 언어-이미지를 끄집어내는 대신, 그 '대상'과의 거리 두기라는 이중 노출을 통해 좀 더 객관화하고 대상을 명징하게 드러내는 방법적 시작(詩作)을 취한다. "한 시절 푸른 멍을 밀어 넣으며/ 소라 속으로 들어간/ 내 몸에서도 쓴물이 줄줄 새어 나온다"(「소라」)는 문장에 적극적으로 나타나는 것처럼 상대방의 눈동자에 비친 '눈부처'를 문장의 바탕으로 삼아 오히려 '나'를 정확히 투사한다.

2

이러한 시작(詩作)은 '홍시'를 "노을 삼킨 여자 한 알"(「홍시」)로 변신시키고 내친김에 인생의 황혼을 "볼우물// 물든// 감나무// 한 그루// 그새// 단풍// 들었"(「갱년기」)다고 너스레를 떠는 그 놀라운 치환의 힘으로 발전한다. 이를테면, 시인은 눈이 함북 내리는 어느 날 새벽 치평동의 버스정류장에 눈을 맞은 채 앉아 있는 여자를 '은진미륵'이라는 돌부처로 되돌리면서 고단한 그녀의 삶을 성찰한다. "첫날밤 그 사람 돌아오지 않아 돌로 서 있는 그 여자/ 돌 망루 올라 진종일 먼 길 내려다보는 그 여자/ 돌산 길목에서 찬 서리 맞는 그 여자/ 세상 버리고/ 돌 모자 꾹 눌러쓴 그 여자"(「은진미륵」)로 환치하는데, 이때 '눈'과 '돌 모자'의 상관성은 적절한 균형 속에서 서로를 투사하고 대칭한다.

또한 「명자꽃」과 같은 작품에서 그는 숙대 앞 골목 애견 가게에 진열된 강아지에 우리와 동등한 격(格)을 부여하면서 생명의 고귀한 평등성을 강조한다. 필자가 보기에 이 '평등성'이 시인이 문장을 작동시키는 동력인바, 혹독한 사막에서 "오직 물방울 한 끼로 하루치 갈증을 때우는"(「생명」) 굽은 등의 '거저리'(딱정벌레 목 곤충)에 집중하도록 시인의 눈을 밝히며, 주체와 대상, 대상과 대상의 모든 위계와 질서를 붕괴시킨다. "네덜란드 마을 흩어진 벨기에 땅, 스물두 조각 피자, 바를러나사우 국경에는 치즈색 십자가만 누워 있을 뿐 철조망은 없다// (중략)// 경계를 녹이는 일은 각양의 토핑을 화덕에 굽는 일, 자신을 녹여 서로를 진득하게 감싸안아 치즈가 되는 일”(「바를러나사우 피자」)이라는 문장처럼 주체와 대상, 대상과 대상을 가르는 경계에는 그 어떤 ‘철조망도 없다’는 이념이 녹아 있는 것이다.

마치 “저마다의 품속으로 흘러들어/ 멀리멀리/ 무심히 흐르던 강은/ 비로소 광화문에 이르렀다/ 아스라이 번져가는 촛불 아래/ 강물은 거세게 번들거렸다/ 기어이 큰 바다를 이루었다”(「민중」)는 선언이 무엇보다 개개인의 인격을 하나의 독립된 개체로서 인정하고 존중하는 평등을 기반으로 하듯.

숙대 앞 막다른 골목 애견가게
젖먹이 눈망울들이
투명한 진열장을 툭툭 친다
어미와 떨어져 어디론가 팔려 나갈

공갈 젖꼭지를 문 영아들이
네 평 남짓한 방안에 모여 있는
소태동 영아원
어린 소녀가 어린것의 걸음마를

한 발짝씩 떼고

곁에서
젖멍울 하얗게 돋은
막달 배 강아지가 된숨을 몰아쉬고 있다
—「명자꽃」 전문

시인은 숙대 앞의 어느 막다른 골목에 멈춰 서 있다. 진열창 안쪽에서 강아지들이 꼬물거리며 창을 툭툭 치는 것을 물끄러미 바라보는데, 이제 겨우 눈을 뜬 강아지에 눈길이 오래 머문다. 아직 근육이 여물지 않아 매끄럽게 움직이며 뛰는 것조차 버거운 듯하다. 태어난 지 몇 달 안 되는 강아지는 다른 세계를 경험한 적 없기에 손바닥만 한 그 우리가 세상 전부이고 우주겠다. 운만 좋으면 누군가의 반려견이 되어 평생 가족으로 살 수 있지만.

그런 강아지들의 생애를 천천히 들여다보다가 시인은 소태동 영아원을 생각한다. 그곳에도 "공갈 젖꼭지를 문 영아들이/ 네 평 남짓한 방안에 모여 있"다. 보육사들과 이런저런 대화를 나누다가 한 "어린 소녀가 어린것의 걸음마를/ 한 발짝씩 떼"는 것을 보고 말았는데, 그 장면 하나하나가 그토록 가슴 아린지 울컥 울음이 쏟아질 듯했다. 태어났기 때문에 배불리 먹고 건강하게 호흡하고 움직이며 바르고 성장하는 권리가 있음에도 그것과는 전혀 무관하게 저 어린것들은 소외되고 방치되어 위태로울 뿐이다. 다시 그는 진열장을 툭툭 치며 작은 혀로 핥아대는 강아지를 본다. 생명은 평등하다고 아무리 되뇌어도 부질없다. 실존이란 그 목숨의 무게만큼이나 잔인할 수 있다. 그 곁에 젖멍울이 하얗게 돋는 '막달 배 강아지'가 거칠게 숨을 몰아쉬는 것을 보면서 다시금 격정에 빠져드는 것이다.

그런데 시인에게 병치된 두 대상 위로 명자꽃이 선연해지기 시작한다. 두 대상이 명자꽃의 백색으로 불현듯 통합되는 반전—'강아지'에서 '영아', '식물'로 이르는 생명의 놀라운 펼쳐짐이, 흰 명자꽃처럼 눈부신 젖멍울만큼이나 집요하기 때문이다. "한 여자가 울어// 눈먼 갈매기 끼룩끼룩 운다// 허연 파도 검게 운다// 바다 모서리에 베인// 그 밤// 몽돌이 운다"(「검은몽돌해변」)는 문장에 나타난 것처럼 조금씩 텅 비어가는 그들의 남은 시간이 눈물겹기 때문이다.

목천 가는 길
피에타

성 베드로 성당 안
죽은 아들 두 팔에 올려놓고

가만히 내려다보는

가지에서 떨어져 나간
마른 잎새 끌어안은
초겨울 능선에도

새끼 잃은
젖 불은 어미가 있었다
—「피정」 전문

목천 가는 길이다. 잠시 머리를 식힐 겸 피정을 핑계로 성 베드로 성당으로 발길을 돌린다. 어둡고 건조한 성당 안에는 피에타 상이 조각되어 있다. 성모는 "죽은 아들 두 팔에 올려놓고/ 가만히 내려다보"지만 그 표정에는 아들의 죽음으로 심장이 찢기는 듯한 슬픔과 함께 이상하리만치 고요한 응시가 있다. 아니다. 차라리 고갈된 감정이라는 표현이 맞겠다.

성모는 거의 무게가 없는 '아들'의 육체를 거두고, 생전 그가 받아들이고 내면화했던 모든 말씀에 귀 기울인다. 그만큼 성모의 표정에는 수심과 집념과 포기와 안심이 동시에 서려 있다. 그런 모습을 보면서 시인은 목천 가는 길에 보았던 '초겨울 능선'을 떠올린다. "가지에서 떨어져

나간/ 마른 잎새"를 끌어안은 능선이, 저 표정 어딘가를 흐르고 있다. 어쩌면 성모처럼 자식을 잃고 생전 그의 시간 속으로 빠져들어간 것일지 모른다. 흰 명자꽃처럼 멍울진 젖을 속절없이 드러낸 채 아들을 기다리는 것일지도. 물론, "자궁문 열고 백일 만에 죽은 오빠/ 무덤 자리 아까시나무가 돋았다// 엄마 목젖에는 가시 하나가 박혀 있었다/ 말끝마다 오빠 이름이 뾰족해져/ 온 집안이 가시투성이였다"(「아까시나무」)는 을씨년스러운 풍경에는 이 '을씨년스러움'을 적극 반전시키는 '아까시 꽃향'이 깃들어 있음을 시인은 잘 알고 있다.

이처럼 이슬안 시인의 문장에는 사태를 반전시킴으로 하여 대상을 섬세하고 정교하게 부각시키는 힘이 있다. 은유나 상징과는 달리 그의 평등을 기반으로 한 독특한 '알레고리'는 대상을 등가의 법칙으로 운용된다. 그는 "집 떠나 서른 해/ 여태도록 뿌리를 키우지 못하는/ 나는 한때/ 붉게 꽃 피운 적도/ 단단히 뿌리내리려/ 세상 깊이/ 파고든 적도 있었지만/ 번번이 부딪치는// 세상은/ 거대한 암반"(「뿌리」)과 같은 문장에서처럼 스스로를 '암반'을 뚫고 내려가는 '뿌리'로 표현한다. 당연하지만, '나'와 '뿌리' 사이에는 어떠한 위계도 없다. 거듭 강조하거니와 강아지와 영아, 명자꽃은 위계도 없다. 또한 성모와 초겨울의 능선에도 없다.

천장에 매달린

꽃들은 모두,

조화

노인들 가느다란 팔다리에도

끈이 매달려 있다

치매 앓는 눈동자마다

빛바랜 꽃잎

하나

—「천혜노인요양병원」 전문

치매를 앓는 노인들을, 시인은 '조화'라고 명명한다. 우리의 입장에서 보면 잔인하게 느껴질 정도다. 아직 생명이 꺼지지 않았는데 불경하게도 '조화'라고 비유하다니, 솔직히 인간에 대한 예의가 없는 모양이다. 하지만 주의 깊게 맥락을 살피면 이러한 해석은 단지 표면효과에 불과하다는 것을 알게 된다. 오히려 '조화'라는 단어만큼 적절한 것도 없겠다. 왜냐하면, 이 시는 노인을 '조화'에 비유한 것이 아니라 조화를 '노인'으로 표현한 것이기 때문이다. 만일 전자를 의도한 것이라면 시는 전혀 새로운 것 없는 보편적 상징에 그치고 만다. 시인은 결코 이를 취하지 않았으며 불편과 오해를 감수하면서 조화를 노인으로 변형하는 우회-길을 모색했던 것이다. 요컨대 시인은 알레고리의 강도를 높이기 위해 변증법을 작품에 녹였던 것이다.

그는 모처에 있다. 그곳은 요양원일 수도, 찻집이나 마트일 수도 있다. 어디라도 상관없다. 그곳에서 그는 천장에 매달린 꽃들을 보게 되는데, 아무리 살펴도 생화는 아니다. 자세히 보면 볼수록 이른바 '박제된 생기'가 흘러나오는, 흡사 정교한 모형 인형과 같은 플라스틱 무늬가 군데군데 눈에 띈다. 만들어진 지 오래된 것들은 먼지가 쌓였고, 때 묻은 채 방치된 것도 있다. 조화에도 생의 의지가 있을까. 스피노자가 주장한 것처럼 신의 속성이 관통할까. 그는 천천히 생각을 이어간다. 저 '조화'에도 분명 '코나투스'가 작용할 것이다. 왜냐하면 저 꽃들도 무기력하게 풍화되지만은 않기 때문이다.

조명을 반사하며 적극적으로 자신의 색을 피력하는 것도 있고, 조금씩 색을 거두며 주변을 돋보이는 것도 있다. 치매를 앓아도 결코 삶을 포기하지 않는 노인들처럼, '조화'는 '이미-그렇게-태어났지만' 치매 앓는 눈동자와 같은 빛바랜 꽃잎이지만 삶의 끈은 여전히 단단하다. "밀물과 썰물/ 이 절박한 경계에서도/ 제 우주를 그려나가는/ 저 간절한 화석들/ 달을포갠 파도는/ 절지가 새긴 무늬를 뒤척이고/ 칠게가 빠져나온 갯구멍에/ 내가 들어가/ 집을 짓고 있"(「곰소에서」)는 것이다. 그것이 코나투스고 존재의 이어짐(혹은 '지속')이며 반복과 회귀, 멈춤과 확장이다.

3

이슬안 시인의 또 다른 매력은, 앞서 언급한 것처럼 그가 표현한 문장-이미지 자체가 하나의 특수한 '알레고리'로 작동하고 있다는 점이다. 하지만 숨겨진 뜻을 밝히고자 선행한 이야기를 완전히 배제하는 전통적인 그것(이솝우화처럼)과는 달리, 그의 알레고리는 '다중 우주'다. 두 개 이상의 이야기(혹은 '사건')가 각각의 층위에서 독립적으로 동시에 진행된다.

노가다 김 씨 방바닥에 몸이 흥건히 엎질러져 십장 홍 씨가 말복에 도착했을 때는 흰 뼈만 남았다

—「유서」 전문

인용한 작품은 십장 홍 씨가 말복에 이르러 기척이 전혀 없던 노가다 김 씨 집을 방문했을 때의 상황을 한 문장으로 압축한 것으로, 여기에는 두 개의 이야기가 병치되고 있다. 하나는 서사의 층위로 사건 그 자체이고, 다른 하나는 의미의 층위로 이러한 비극을 전혀 돌보지 못하는 국가의 병폐다. 이솝우화가 노골적으로 의인화하는 일반적인 관점에서 전자는 단지 후자의 매개일 뿐이지만, 시인의 작품에서 서사는 계속 분화하면서 무수한 층위를 만들어낸다. 게다가 산출된 각각의 서사는 '앨리스'가 모험한 '이상한 나라'처럼 독립적이다.

이러한 사태는 김 씨의 말라버린 '뼈'에서 정점에 도달하는데, 뼈의 서사는 참담한 유서로 갑작스럽게 변형되어 홍 씨의 비극적 인식에 더욱 충격을 준다. 이 두 개의 이야기—사망한 김 씨가 방구석에 방치되어 흰 뼈로 마르는 첫 번째 '서사'와 그것이 하나의 유서로써 홍 씨의 머릿속에 각인되는 두 번째 '서사'에서 우리는 위계를 발견하기 어렵다. 때문에 일반적인 알레고리에서 '의미'의 층위도 다변화될 수밖에 없다. 양자의 유일한 관계는 평등이다. 물론 독자에게 파급되는 충격의 강도는 전자가 더욱 농도 짙겠지만.

골판지 속에서 기어 나온
외눈박이 사내
수산시장 지하통로 바닥에
누추를 밀어
끼니를 치대고 있다
눈보다 아래에 깔린
누렇게 때가 낀
동전 바구니 경배하듯
지긋이 내려보며
소금물 흥건히 베인 세상에
혀를 내밀고 있다
—「출근」 전문

이 작품도 마찬가지. 시인은 출근길에 외눈박이 사내를 목격하게 되는데, "골판지 속에서 기어 나온" 그의 행색으로 미뤄 '노숙자'임이 틀림없다. 내처 그는 "수산시장 지하통로 바닥에/ 누추를 밀어/ 끼니를 치대"는데 그 고달픈 풍경을 보면서 시인은 심장이 도려내는 듯한 고통을 느낀다. 그러나 그것은 순전히 표면효과일 뿐이다. 비록 노숙자라 해도 그는 보통 사람들처럼 하루를 시작했다 —"눈보다 아래에 깔린/ 누렇게 때가 낀/ 동전 바구니 경배하듯/ 지긋이 내려보며/ 소금물 흥건히 베인 세상에/

혀를 내밀고 있"는 것. 이러한 사건은 이미 그 자체로서 독립한 서사들이며 어떤 해석이 끼어들어도 작품에 깃든 본래의 색은 변하지 않는다.

절창 「연어」를 읽으면서 시인의 시작(詩作)을 계속 살펴보자.

흘러만 가네
불멸의 푸른 강
갈대숲 비켜 흘러만 가네
물새들 떼 지어
강물에 고개를 묻네
나는 너의 강을 바라보지 않았으나
태양의 음계는 물결에 스며 웃네
등 굽은 너의 말
감출 겨를도 없이
강은 새끼 연어를 품고 흘러만 가네
하구에 닿고서야
붉어진 너의 눈망울 바라보네
내 이름 떠난
너의 지느러미 하나
바다의 밤으로 흘러만 가네
—「연어」 전문

어느 대낮 시인은 목이 타오르도록 뜨거운 숨을 몰아쉬고 있다. 그가 '불멸의 푸른 강'이라 명명한 물색 짙은 강줄기에서, 시인은 그 도도한 물의 흐름을 타고서 먼바다로 되돌아가는 새끼 연어 떼를 보고 있다. 자연의 모든 생명이 그러하듯, 작고 여린 치어들은 무방비하다. 오로지 본능으로만 움직이며 돌연한 죽음에 자신이 발가벗겨지는 것도 아랑곳없다. 사방 무성한 갈대숲에는 물새 떼가 대놓고 배를 불리고 있는데, 아무렇지 않게 무작정 길을 나서는 새끼들—하지만 무모한 듯 보이는 태도에는 태곳적부터 이어지는 의지가 서려 있다. 그래서인지 시인의 눈에 치어들은 태양의 육중한 활강처럼 단호하게 물새를 비웃는 듯 보인다. 물론, 이 작품이 연어의 독자적인 생존에만 집중하는 것은 아니다. 보다 크고 넓게 치어를 감싸 안은 확장된 세계를 다루고 있다.

시인은 새끼들이 온 힘을 다해 바다로 헤엄치는 것을 본다. 생명 하나하나가 그 의지만큼이나 놀랍다. 힘에 겹고 불안하고 가여워도 태고로부터 이어진 저 본능은 멈추지 않는다. 그러나 바다를 향한 저 '본능'은 새끼들 혼자 힘으로 완성되는 것은 아니다. 삶의 지속이란 바다로 이어지는 흐름을 만든 온갖 우주가 있기에 가능하다. 태양의 뜨거움과 달이 몰아치는 바람, 산의 기울기와 계곡의 농도, 자갈과 물속에 뿌리내린 식물들 모두가 새끼를 밀고 끌며 위대한 여정을 이뤄낼 수 있도록 도와준다.

당연하지만 다른 생명들이 그러하듯 새끼의 삶 또한 자신을 둘러싼 환경 속에서, 그 환경과 함께 촉진하는 것이다. 우주는 이 엄숙한 사태의 원인이자 동력이고 역학이다. 우주가 죽은 어미를 대신할 수 있는 까닭이 여기에 있다—강은 새끼 연어를 품고 하루가 멀도록 흘러간다. 그리고 하구에 닿고서야 강은 태양의 붉은 울음을 감싸 안고서 새끼를 놓아준다. 연어, 그 거칠지만 단아한 이름에 새겨진 우주의 손길은 이제 새끼를 바다로 밀어낸다.

한 가지 더. 시인은 이러한 보편적 서사에서 자신만의 이야기 구조를 만드는바, 우리가 주목해야 할 것은 이것이다—'바다의 밤'이라는 부분에서 이 작품은 통상의 시 문법과는 다른 구조로 변환된다는 것. '태양의 음계'가 명징하게 들려오는 대낮 새끼들을 둘러싼 엄혹한 생존 환경은 일종의 불협화음으로 처리되고 있지만, 바다에 다다른 밤은 오히려 격정이 사라진 고즈넉한 시간으로 제시되고 있다. 많은 시의 문법이 대낮과 밤의 대비를 협과 불협의 대칭으로 사용하고 있는데, 시인은 이를 역전시킨다. 무슨 이유일까. "그 누구도,/ 라파엘라 스펜스라도/ 저 지극한 풍경 하나 묘사하려다/ 모두 일몰할 것"(「제주 박수기정」)이기 때문일까. 아니면 "길 잃은 사막의 밤은 찾아오고// 전부를 태워서 어둠 저편으로 끌고 가는// 바람의 현弦이 벌떡 일어나 춤"(「불」)을 출 때 — 비로소 삶이 시작되는 —가 되었기 때문일까.

4

마지막으로 살펴볼 이슬안 시인의 매력적인 영역은, "화선지에 본을 뜨고, 채색하는 동안 그녀들을 만났다/ 남정네들 눈을 피해/ 옷고름 풀고 머리 감는 여인들// 수건으로 질끈 머리를 감싸 올린 동네 목욕탕 여인들/ 화첩 속에 들어앉아 있"(「대인동 목욕탕에서」)는 풍경처럼 한 편의 농익은 풍속화 같은 '언어'와 '서사' 이미지의 운용이다. 우선 '언어-이미지'는 시인이 응시하는 대상과 내면에 켜켜이 응축된 대상의 일치에서 폭발하며, '서사-이미지'는 군더더기 없이 자연스럽게 사건을 뽑아내는 압축에서 돋보인다. "금방 사라질 것 같은/ 너에게 닿는 길은/ 새하얀 오수의 봄날// 진갈색 새들이/ 수북이 죽어 사는/ 목련꽃 그늘 아래"(「목련」)라는 문장을 보자. 따스한 볕이 드리워진 새하얀 오수의 봄날, 이와 대비되는 '진갈색 새들'은 얼마나 강렬한가. 이때 대상은 시인의 내면에서 또 하나의 세계를 활짝 피운다.

아울러 시인은 반드시 있어야 할 문장으로만 구성된 이야기-짓기에 탁월하다. 한 치의 망설임 없이 써 내려가는 압축된 서사 —기묘하지만 시인의 작품들은 별다른 퇴고 과정 없이 단번에 썼다는 인상을 받는다 — 는 그가 그만큼 사건에 밝으며 자신을 과장하지 않음을 말한다. 그럼에도 그 밀도와 무게는 만만치 않다. "젖은 발로 들어와/ 불 꺼진 밥솥을 열어보니/ 온기 빠진/ 식은밥 한 덩이가 구석져 있다/ 양은 두레반 위에/ 열무 꺼내고 미역 줄거리 꺼내고/ 식은밥에 물을 마는데/ 엄마가 눈 비비며 밥상에 앉았다/ 법성포 이모가 보리굴비 보내왔다며/ 졸린 눈으로 살을 발라주는데/ 갈빗대 늘어진 메리야스 속에서/ 마른 젖가슴이 흘러나왔다/ 풀리지 않는 회사 일에 한소리 얻어먹고/ 자정 넘겨 들어온 집/ 물밥 수저질이 무겁기만 한데/ 말없이 가시를 발라주던/ 주름진 손이/ 젊은 날의 젖을 쓸어 담고 있다"(「보리굴비」)는 작품은 단편이라 할 정도로 웅숭깊다.

이와 관련해 반구대 벽화의 혹등고래와 청주시 흥수굴 소년(흥수아이) 미라를 결속해 이야기의 범위를 넓힌 「반구대 혹등고래와 흥수아이 전설」과 같은 작품이나 '맹그로브 킬리피시'라 불리는 암수한몸 물고기로 나뭇가지 속에서 몇 달 동안 물 없이 살 수 있다는 등목어에서 우리 삶의 애환을 이끌어낸 「가면무도회」 같은 작품도 간과해서는 안 된다. 이들 모두 시인이 수묵으로 축성한 농익은 풍속화이기 때문.

구멍 난 공사판 떠돌던 서방
술 취해 들어오면
살기가 돋아 온 집안 깡그리 부수고 다녔다
울며불며 세월 구겼지만
서방 잡아먹은 술독은 말릴 수가 없었다
등지지 못한 무장댁 서방
서까래에 목을 매달아
술김에 애먼 목숨 버렸다
과부가 된 무장댁
귀신도 자는 밤에 깨어나 묵을 쑤었다
죽은 서방 한 시절 가마솥에 풀어 넣고
밤새 한숨만 배배 저었다
나가 맹탁읎는 말은 안히써야 혔는디,
마른 눈물 훔치며
새벽닭 울음소리랑 집을 나섰다
서까래 무너진 무장댁
그래도 탱탱하게 묵만 잘 쑤는 무장댁
은색 다라이 가득 묵들이
기우뚱기우뚱 골목을 빠져나간다
—「무장댁」 전문

공사판을 떠돌던 남편은 결국 술독에 빠져 죽었다. 그의 주사에는 살기가 어려 있어, 만취한 날에는 어김없이 온 집안을 깡그리 부수고 다녔으며, 술에서 깨면 온갖 추문과 손가락질에 시달렸다. 세월을 구기면서 울며불며 후회해도 남편은 술에 찌든 몸뚱어리를 이기지는 못했다. 허구한 날 남편의 지독한 갈증과 폭언과 폭력을 견뎌야 했던 무장댁의 몸과 마음은 이미 갈기갈기 찢어진 채였다. 그러나 남편은 지독한 광기에 시달리며 서까래에 목을 매달고 말았다. 무장댁은 서방을 잡아먹은 술독을 물끄러미 쳐다보면서 죽은 자의 목숨과 남겨진 자의 목숨을 가늠했지만, 시간은 되돌릴 수 없다.

그러다 문득 귀신도 자는 깊은 밤, 무장댁은 결심한 듯 '묵'을 쑤기 시작한다. 죽은 서방의 한 시절 한 시절을 솎아내며 가마솥에 풀고, 밤새 한숨으로 배배 젓는 것이다. 무장댁은 혼잣말—"나가 맹탁없는 말은 안허써야 힜는디"— 을 반복하면서 '묵-속-에' 자신의 목숨을 집어넣는다. 이 말에 그녀의 결심이 농축되면서 남겨진 자에게 허락된 생의 의지(혹은 '주걱')를 더욱 거세게 움켜쥔다.

*

무장댁은 새벽닭이 울 때 마른 눈물을 훔치면서 집을 나선다. 비록 그녀의 서까래는 무너졌을지 몰라도 '은색 다라이'에는 탱탱한 묵들이 가득 영글어 있다. 삶이란 "한 순간만이라도 아득한 날을 지우려/ 뜨거운 쪽으로 몸을 기울여 담그는"(「겨울 노천탕」) 일이 아닌가. 그러므로 무장댁이 쓴 '묵'은 "바늘귀 열어 집을 궤"(「통풍通風」)맬 만큼의 통증이면서도 "날마다 찾아와 목놓아 울던/ 울음이 빠져나간 주소"(「처서」)에 도착한 '가을'이다. 끝

달아실시선 88

달의 기억이 뒤척일 때

1판 1쇄 발행 2025년 1월 24일

지은이 이슬안
발행인 윤미소
발행처 (주)달아실출판사

책임편집 박제영
기획위원 박정대, 이홍섭, 전윤호
편집위원 김선순, 이나래
디자인 전부다
법률자문 김용진, 이종진

주소 강원도 춘천시 춘천로 257, 2층
전화 033-241-7661
팩스 033-241-7662
이메일 dalasilmoongo@naver.com
출판등록 2016년 12월 30일 제494호

ISBN 979-11-7207-042-7 03810